Luigi Pirandello

# Zampogna

© 2023 Culturea Editions

Texte et illustration de couverture : © domaine public
Edition : Culturea (Hérault, 34)
Contact : infos@culturea.fr
Retrouvez notre catalogue sur http://culturea.fr
Imprimé en Allemagne par Books on Demand
Design typographique : Derek Murphy
Layout : Reedsy (https://reedsy.com/)

Dépôt légal : janvier 2023
Tous droits réservés pour tous pays

ISBN : 9791041845941

# PADRON DIO

## I

Ora anche tu, poi ch'ogni can m'abbaja,

m'abbaj: non me ne lagno; anzi hai ragione.

Ha torto, cane, ha torto la vecchiaja

che m'ha cosí ridotto.

La coda tra le gambe, chiotto chiotto,

già mi seguivi, a un cenno del bastone:

pascolava la mandra, ed io, sdrajato,

ora un tozzo di pane:

– To', cane! –

or ti buttavo un sasso: – ero il padrone!

Non hai dovere d'essermene grato. –


E il vecchio (lo chiamavano Giudè,

chi sa perché)

s'allontanava e ritentava altrove:

a un'altra villa. Prove

tristi, quotidiane,

per un sorso di vino,

per un boccon di pane.


Pur non chiedea: facendosi al cancello,

diceva al contadino:

– Di' al tuo padrone che c'è l'esattore.–

E quello,

sorridendo, al fattore

lo annunziava, ché l'arguta frase

or gli era nota. Ma, la prima volta

che la disse, il Giudè dové spiegarla

e la spiegò cosí:


– Tanto quei che vi parla,

quanto ognun che m'ascolta,

tutti siamo inquilini del Signore,

il quale è proprietario di due case.

L'una, noi la vediamo: eccola qui;

e sarebbe il Signor per tutti a un modo

buon padrone, se molta e molta gente,

avara o prepotente,

non se ne fosse fatta casa propria,

quand'essa

dovrebbe invece esser casa comune.

C'è chi ha granajo, dispensa, rimessa,

e chi non ha né fune

né tanto muro da piantarvi un chiodo

per potersi impiccare,

e i piú son questi e sono come me.

Quegli altri intanto debbono pensare

che è pur padrone Iddio

di un'altra casa: – la casa di là! –

della qual vuole che ciascuno paghi

anticipata la pigione qua.

I poveri, com'io,

la paghiam puntuali, con le pene

nostre: il freddo, la fame, a tutte l'ore;

ai ricchi invece, per pagarla, basta

che facciano ogni tanto un po' di bene.

Or non ne viene

ch'io son di padron Dio

dunque davver pe' ricchi l'esattore? –


Dopo la frase arguta,

la modesta limosina ottenuta,

in via di nuovo. E, camminando, privo

d'ogni meta, qua e là gli alberi suoi

(o che avrebbero almeno

dovuto essere suoi) riconoscea: suoi,

perché quell'olivo,

quel melagrano,

eran nati per lui che un dí, passando,

la terra con la mano

avea scavata e poi

buttato il seme; e la terra, ecco, l'albero

gli avea dato, e lui bene

potea dir come e quando.

E non ad altri, l'avea dato a lui,

naturalmente, lì nel campo altrui,

ché la terra sa forse a chi appartiene?


D'un affetto paterno egli quei vecchi

alberi amava e i frutici novelli:

sembravangli i piú belli

de la campagna: a ciascuno la data

avea nel tronco incisa, e or si fermava

a lungo ad ammirarli, il capo folto

di ricci ferruginei capelli

scotendo, poi che i rami lo tentavano:

lo invitavano a cogliere i lor frutti,

chè tutti

eran (ben essi lo sapeano! suoi.

Ma egli, no: mai colto

non ne avea, neppur uno: e, sospirando,

abbassava la mano

che già s'era levata.


## II

Cosí, per le campagne altrui, vivea

il Giudè, senza tetto. Entro un casale

diruto, abbandonato,

dormia la notte; all'alba si destava,

e, per la via piú piana,

ad errar si mettea per quelle immense

solitudini, intense

pure di tanta vita, entro al silenzio

tutto di foglie palpitante e d'ale

e ad ora ad or tentato

dal trillo d'un uccel che s'allontana.


Stanco, per terra si sdrajava; e allora

a ruminar si dava

una sua vecchia idea.

Poco da lui discosto, un grillo pure

forse un pensiero avea,

un rodío dentro che gli dava pena,

e v'insistea, cocciuto. A un soffio d'aura

i fili d'erba si moveano appena,

e le farfalle bianche, in tanta pace,

volitavan sicure.


– O perché mai nascevano cert'erbe?

Non per gli uomini, certo;

per le bestie, neppure:

nascean perché le avea volute Iddio

e le facea la terra, a cui non cale

se a gli uomini dispiace.

Tanto è ver che, strappate, essa tornava

a farle, e lì, ch'era terreno aperto

e nessun le toccava, esse cresceano

della lor libertà quasi superbe.


Ora il vecchio Giudè pensava: – «Ed io?

Iddio

ha voluto anche me. Padrone, Lui!

Non ho un palmo di terra intanto, in cui

possa stare, dicendo: questo è mio.

Son come quest' erbacce che nessuno

nel proprio campo vuole.

A guardiano fu promosso il pruno,

ma le altre alla ventura

crescono sotto il sole – come me.

Solo dov'esse crescono

indisturbate, posso stare anch'io:

vuol dire che il padron forse non c'è

o che non se ne cura». –


Conosceva il Giudè

certe immense distese abbandonate,

per cui mai non passava anima viva,

e nelle quali egli, da che vivea

(cioè per tanti e tanti anni che piú

non ricordava il numero),

avea sempre veduto, indisturbate,

quell'erbe, e mai qualche lontana traccia

di coltura, né mai

alcun segno, anche antico, del dominio

di qualcuno.–

– «Da tempo immemorabile,

almen per me, queste terre a se stesse

appartengono, dunque; e sono libere

di produrre, non già quello che gli uomini

voglion, ma ciò che a loro meglio piaccia.

Bene, e ora se tu

(pensava il vecchio, tutto assorto e intento),

in mezzo ad una d'esse,

nel punto piú lontano,

ti scegli un breve lembo, strappi via

le erbacce, e butti un pugno di frumento,

non ti darà la terra un po' di grano?

Oh, lo darebbe a te come a chiunque...

Il padrone, anche ammesso che ci sia,

trar mai non ha voluto alcun profitto

dal suo fondo: né lui l'ha coltivato,

né l'ha dato in affitto.

Dunque? – Per lui lo stesso ora non è

se qui invece di sterpi un po' di grano

la terra buona produrrà per te?» –


## III

D'allora in poi, del suo divisamento

il vecchio Giudè lieto,

oltre al tozzo di pane consueto,

chiese una manatella di frumento.


– «Padron Dio – domandavangli i fattori,

ha rincarato forse la pigione?»

Se volete, signori... –

rispondea, sorridendo, il vecchio. E intanto

che raccogliea cosí da seminare,

lì, nella solitudine,

apparecchiava alla meglio il terreno,

futuro campicello!

Ah se una vanga avesse avuto almeno:

avea soltanto un logoro marrello,

col quale, zappettando, prima via

cavò la mala erbaccia,

poi scavò scavò quanto

gli permise la forza delle braccia:

e questo al suo terren dovea bastare.


Ma non a lui che, stanco, invidiando

seguia con gli occhi l'opra, da lontano

del grave aratro, delle vacche lente.

solenne come un rito:

dietro, i seminatori

si gettavano innanzi a tondo il grano.

fiduciosi nel lavor fornito

coscenziosamente.

Mentr'egli non avea nemmen potuto

i semi incalcinar: li avea cosí

buttati a la ventura

a quelle zolle appena appena smosse.


Vennero le prim'acque, e dal diruto

casal notturno, udendo

Giudè lo scroscio, non sapea che fosse;

poi dell'acqua abbondante la frescura

odorosa sentí. Non era un nembo

fugace: era buon' acqua, a cielo pieno.

Anche su quel suo lembo

di terra in quel momento

piovea... – Giú, acqua! Bevila, terreno!–


E dopo alcuni dí

sbullettar vide il grano, – oh gaudio senza

parole! – Dalla terra umida uscite

eran timidamente

già le prime pipite.

Baciò la terra per riconoscenza,

la terra che gli dava il grano, il grano

ch'era suo! Si guardò d'attorno, come

se volesse difenderlo: era suo!

Il cielo guardò poscia,

donde l'acqua clemente

era caduta; ma la vista immensa

del ciel gli diede un'inattesa angoscia:

egli avrebbe voluto cosí basso

vederlo, da nascondere, da escludere

quel suo piccolo lembo da ogni passo.


Le pipite man mano

sfronzarono, accestirono. Ed ormai

il Giudè con la sua terra parlava:

– «Oh brava terra, brava:

verrà la state, avremo un gran da fare...

Non hai veduto mai quel che vedrai!» –


E, non ostante il freddo e le intemperie,

quasi a covar con gli occhi quel suo grano.

passava lì le intere

giornate, e nel vedere

l'aura avvivar di tremiti

le foglioline tènere

tutta l'anima pure gli tremava.


## IV

Se non che un dí di quelli

dal notturno abituro,

al canto mattiniero degli uccelli,

trâr non si seppe il povero Giudè:

avea tutte le membra come rotte;

seduto a terra, con le spalle al muro,

le ginocchia abbracciate,

guardava innanzi a sé,

stordito ancor dai sogni della notte.


Ov'era il campicello? Già l'estate

era venuta... Ov'erano i granaj?

Ah, tutti quei granaj pieni, con tanti

misuratori allegri, anzi festanti,

che davan via frumento

e frumento e frumento, senza togliere

con la rasiera il colmo dagli staj!

e che andare e venir polverulento

d'uomini e mule!

e quella donna accorsa col grembiule

bucato, donde tutti i chicchi giú

scorreano, a sgorgo, giú,

cosí che si votava la grembiata

prima ch'ella la porta del granajo

raggiungesse... Ah, che guajo!

La misera tornava

sempre indietro, daccapo, disperata,

spinta in mezzo alla ressa

fitta degli altri poveri accorrenti

senza fine; ma invano:

mai nessun chicco in grembo le restava...

«Date via! date via!»

incitava il Giudè, ch'era il padrone,

ora questo ora quel misuratore:

«Così dell'altra casa del Signore

mi pago la pigione;

e nessun più di pane avrà bisogno...»

E tutti quei granaj

non si votavan mai:

dalle finestre in alto, sopra i mucchi

addossati alle altissime pareti,

il frumento sgorgava, venia giú

sempre piú, sempre piú,

come cascata d'acqua, senza fine,

frusciando.


E ora... ah ecco, quel fruscio

continüo nel sogno

gli era rimasto negli orecchi. Oh Dio,

avea la febbre, gli batteano i denti...

«Se a camminar provassi...»

Si levò in piedi a stento: vacillava...

Pian pian si trascinò fuor del casale

per ritornare al campicel lontano;

ma, fatti alcuni passi...

V

Si ritrovò, tra stupito e sgomento,

sur un bianco lettuccio d'ospedale.

«Or se qui m'hanno accolto,

è segno che son morto!» –

E abbandonò,

disajutato, il vecchio corpo affranto,

alle cure dei medici; chè, tanto,

meglio era morir tosto, se guarire

a tempo non potea per il raccolto.


Con gli occhi chiusi, tutto rannicchiato.

quasi a schermirsi dai taglienti brividi

della febbre incalzante,

spingeva ora il pensier lontan lontano,

al suo lembo di terra seminato,

e lì sovr'esso, stanco ed anelante,

s'addormentava.

Allora, a lui d'attorno

sentia, vedeva il grano

mandar sú sú sú il gambo della spica.

ma troppo alto... troppo alto...

no, cosí no! – possibile? ogni gambo

piú alto assai d'un pioppo! Ah, che fatica,

15

lì chino

sopra ogni gambo, ad impedir quel rapido

rigòglio strambo,

rigòglio dispettoso, inverosimile...

e invano, invano: i gambi s'allungavano

visibilmente, da ogni lato, fino

a quell'altezza, e già lo seppellivano...

L'arïa smaniando, una bracciata

dava il Giudè, si rizzava... oh portento!

piú delle spighe egli era, assai piú alto...

Smarrito, intorno si guardava; il cielo

poi guardava, e la luna ecco a portata

della sua mano: alza un braccio, la prende

e con essa a falciar si mette... A un tratto

crollava il sogno, e il Giudè si destava

di soprassalto.


In contrapposto allor, gracile, a stento

e rado il grano vedea venir sú...

Ah quei poveri gambi dalla pioggia

acquattati, dal vento

spezzati... E sospirava che l'aratro,

l'aratro ci volea... Poiché, la terra,

certo, da quel suo logoro marrello

neppur s' era sentita vellicare.

E non passavan piú

le febbri, e i dí passavano:

già perduto il Giudè del tempo avea

la memoria, ma pur non s'arrischiava

di domandar se bionda era la messe,

per timor che qualcun gli rispondesse:

– È finita l'està! –

Sú dal guanciale

si provava a levar la testa

quanto gli concedea la gravezza del male:

guardava in fondo, di su gli altri letti,

l'ampia finestra: intravedeva appena

il cielo azzurro, limpido, e fiammante

il sole sopra i tetti

delle case vicine... Sí, ma era

forse ancor primavera....


Chi sa, però – pensava – se qualcuno

di là passando non abbia scoperto

per caso il grano mio...

e l'avrà fatto suo! Ma se nessuno

lo scopre, non sarà peggio? Aspettando

sotto il sole, laggiú, la falce invano,

si perderà tanta grazia di Dio;

e la terra avrà dato

inutilmente il grano.

## VI

Come però Dio volle (e fu Dio certo,

dopo tante preghiere),

su la metà del giugno l'ospedale

egli poté lasciar tutto rifatto.

Sú, vecchia tartaruga, prendi a nolo

le gambe d'un levriere, d'un cerbiatto!

Via di lungo, di volo

al campicello...

– C'è? Si, là, là in fondo...

Eccolo: c'è! s'affaccia!

folto, alto, biondo...


Ma le gambe ad un tratto

sentí mancarsi, cascarsi le braccia.

Tutt'intorno alla messe

quasi miracolosa

(tanto era folta e tanto era il rigòglio!)

una siepe correa; sorgeva a un canto

il pagliajo, ed un cane,

udendo tra le erbacce lì vicino

fruscio di passi, si mise a latrare.

S'affacciò dalla siepe il contadino

di guardia:

«Oh, benvenuto! T'aspettavo,

Giudè. Stai bene? Bravo.

Che cerchi adesso qui?» –


Per terra il vecchio si pose a sedere,

calandosi pian piano,

appoggiato al bastone – dal cordoglio

e dalla corsa affranto.

– «Non voglio nulla... Quieta il tuo cane, –

poi disse: – Son venuto

soltanto per vedere

codesto gran miracolo del grano

che solo e cosí bello

t'è nato, è vero? t'è nato da sé...»

Rispose il contadino:

«Oh di chi era la terra, Giudè?»

«Era di queste erbacce qui, che pane

non fanno... – il vecchio Giudè gli rispose:–

Diglielo al tuo padrone...» –


E rimase per terra a lungo, lì,

a mirar quelle spighe che, dal vento

mosse, pareva accennasser di sí

nel lor compatimento...

COME MUORE...

Ecco, a un mandorlo appende

il suo mantel di neve

l'Inverno che già muore.

Il mantel bianco e lieve

su i rami si rapprende,

ed ogni grumo è un fiore.


Steso del tronco a piede

guarda l'Inverno in sú

con occhi acquosi, intento.

Farfalle o fior'? Non vede

il suo mantello piú...

S'adira, soffia: il vento


è solo un debil fiato,

agita i fiori appena...

E un'altra, un'altra pena

la sorte gli riserba:

muor tutto fili d'erba!

il crin, la barba: un prato...


## PÀNICO

Pe 'l remoto viale di campagna,

tra fitte macchie, in sul cader del giorno:

io solo. È tal silenzio tutto intorno

che a un ragno sentirei tesser la ragna.

Come si tien cosí sospesa tanta

vita di foglie? Il cuore anch'io mi sento

sospeso, oppresso da strano sgomento;

stupito or questa guato or quella pianta.


L'anima quasi al limitar dei sensi

scende ansiosa, ma alcun lieve moto

non coglie, alcun rumore, e come un vuoto

mi s'apre dentro. Penetra fra i densi


rami del sol l'ultimo raggio intanto

e accende in alto lumi d'oro strani

nella macchia dei bigi ippocastani

che un tempio sembra ed opera d'incanto.


Di questa intimità con la natura

solitaria, del tutto inconsueta,

l'anima mia divien tanto inquieta,

quanto sarebbe forse per paura.


De' suoi sacri silenzii ancor non degno

dunque son io. Ma di notturne brine

tanto mi bagnerò che, puro alfine,

ella accoglier mi possa in questo regno.

## ALBERI SOLI

O castagni del bosco, un altro cielo

tutto di foglie tremule tessuto

voi, snelli e dritti sul cinereo stelo,

formate sul mio capo: ognun di voi

                        presso l'altro cresciuto,

come sia triste ignora e quanto annoj

vedersi solo, sentirsi sperduto...

Fra voi ripenso a tre alberetti grami

che, traversando la maremma in treno,

vidi una notte. Bassa, dietro un velo

di nebbia, era la luna. l loro rami

congiunti avean quegli alberi e la trista

sorte d'essere nati in quel terreno:

si tenean compagnia fra loro stretti,

lì, come tre vecchietti;

e parea che volessero la vista

sfuggir d'un altro alberetto lontano

un buon tratto da loro e solo solo.

Tendeva questo invano

i rami verso i tre fra loro uniti;

e chi sa quanti uccelli aveano il volo

da questo a quelli spiccato a recare

querele amare e inviti...

## GARA

Gli alberetti di mandorlo, piccini,

studiano i grandi, come vengan sú,

e come questi atteggiano i lor fini

ramicelli e i polloni; ed or che giú

per il declivo de l'aperta valle,

con tanti fior che pajono farfalle

qualche grande han veduto, inuzzoliti,

per imitarlo, poveri alberetti,

tra lo scherno dei passeri folletti,

di bianche lumachelle son fioriti.


## LE FATICHE DEL VENTO

Molto ha da fare il vento con le nuvole,

frivolo armento senza disciplina.

Piace al Sole con pompa e con ossequio

d'essere accolto in cielo ogni mattina:

e fin dall'alba ecco il vento in servizio

a preparargli una regal cortina,

a cui con estro immaginoso ingegnasi

di dar novella foggia; e ne combina

spesso di belle assai: rosse, con aurea

frangia, o d'argento con purpurea trina.


Sul vespro poi, nuovo apparato! Gli uomini

soglion tra loro chiamar pazzo il vento:

forse perché si pensa che non debbano

costar fatica alcuna, alcuno stento,

quei suoi servigi: ma, se gli si sbandano

le nubi e il Sol se ne va via scontento?

se ogni villan vuol acqua acqua sul proprio

campicello e lui sú pe 'l firmamento

gira rigira non trova una nuvola

quando poche sarebbero anche cento?


## LE NUBI E LA LUNA

La nuvolaglia va stracca, raminga,

e or si sparpaglia ed ora si raduna,

quasi un soffio aspettando che la spinga

a far del bene altrove. Tutta bruna

d'acqua la terra e paga s'addormenta,

e vien dal colle sú, grande, la Luna.

Sale pian piano, come diva intenta

a vigilare, e a sé le nubi chiama.

Or questa or quella le si appressa lenta,

prende consiglio, si dirada, sciama

al lume, si raddensa, s'allontana...


Che mai la Luna con le nubi trama?


Quatta musando se ne sta la rana.

Forse ha compreso ch'ora qui ripiove?

Salta in un borro là d'acqua piovana.


Ma van le nubi a far del bene altrove.


## VISITA

Nascere grilli è pure qualche cosa...


Compagni miei, sotto le stelle, qui

state a cantar d'un tono, senza posa;

io vo a veder che sia quel lume lì,

chi sa per caso vi facesse giorno.

In quattro salti vado e fo ritorno.


C'era... non so che vidi: uno scompiglio!

grida, fracasso, seggiole per terra.

*È là!* – gridavan– *Qua! fermi, lo piglio!* –

S'infranse il lume e, nel bujo, una guerra...–

Zitti! Accendete! È svenuta la sposa! –


Nascere grilli è pure qualche cosa...


## RONDINE

Volle pe 'l nido suo, pei nati suoi,

ghermir la piuma aerea che il fanciullo

con una canna le tendea. Fu poi,

legata per un piede, anche trastullo

d'ogni gente per casa. Al fin, sorpreso

il momento opportuno, un guizzo sbieco,

e via, per la finestra, a vol: ma un peso

l'ali le aggrava: il lungo laccio ha seco.


Un punto solitario alto lontano

cercò dal ciel l'acuta sua pupilla.

Le mancava la forza e già sul piano

ruinava... Sú, sú, nel sole brilla

in cima al monte prossimo e s'avventa

fremendo all'aure un albero: lassú! –


E qui sul nodo al piede a lungo intenta

col becco s'ostinò.


— Faggio, oh ma tu,

tu che, felice, a questo monte in vetta,

da un secolo coi venti ampii conversi

e, nell'altera libertà, vedetta

e prima meta a gli stanchi, ai dispersi

stormi di passo da tant'anni sei;

tu che i migranti all'ultimo convegno

raccogli; non dovevi a gli occhi miei

lo spettacolo offrir lugubre, indegno

di te: codesta rondine a un tuo ramo

appesa, spenzolante...

Ella, lo so,

malcauta prima, come boga all'amo,

si appese; qui da sé poi s'intricò:

ma si credea già libera saltando

pe' rami tuoi frondosi, fino a sera;

forse ajuto pregò, misera; e quando

volaron gli altri uccelli, prigioniera

si vide in te di nuovo. E tu, tu solo

gridar la udisti, è ver? tutta la notte:

l'ali sforzava, rattenuta, al volo...

Finché non tacque, estenuata.

Rotte

dal disperato sforzo e abbandonate

all'aria or l'ali pendono. Strisciando

piú rondini dall'alba son passate

a dimandare: «Com'è stato? Quando?»


## TEMPORALE ESTIVO

### I. (*bróntola*)

Ride bagnato, addosso a la montagna,

il borgo al temporal che or or si muta

altrove, in giú, verso l'ampia campagna,

col suo tendon di pioggia fitta e acuta;


rapido gli altri borghi vi guadagna

e a suo modo col tuon pria li saluta.

Qui odor di terra e l'acqua che ristagna

per rispecchiare il ciel donde e caduta.


Burbero un nuvolon brontola ancora,

dal temporal quassú lasciato indietro:

patir non sa che scomodato il vento


l'abbia per cosí poco: al suo scontento

sol però si commove ad ora ad ora

tra le bacchette mal commesso un vetro.,


## II *(gràcida)*

Ora gli alberi folti del viale

riversano, se l'aura un po' li mova,

a scosse, crepitanti, giú la piova

che hanno accolta testé dal temporale.


E il tufo arsiccio immollano, dal quale,

se è ver qual sembra, una famiglia nova

di girini qua e là saltanti scova

a cui fu l'acqua spirito vitale.


E saprà d'acqua il gracidío sonoro,

allor che divenuti raganelle,

nel silenzio, al pio lume de le stelle,

su questi rami canteranno a coro,

e le udrà grato nelle algenti sere,

tornando al borgo alpestre, il carrettiere.


## LUNA SUL BORGO

Lampioncini a petrolio, questa sera

riposo: c'è la luna che dal cielo

rischiara il borgo in vece vostra. Velo

non le faran le nuvole, si spera.


O Luna, tu no 'l sai, ma in fila tante

e tante lune ha ormai quasi ogni strada

della città, che accese in un istante

son tutte; e li nessuno a te piú bada.


Sorridi al borgo e fa' che invan non conti

su te pe' suoi risparmii: nella quiete

del lume tuo, cantano a coro liete

le villanelle in fin che non tramonti.


E a te borgo, che addosso a la montagna

t'arrampichi, sorrida la fortuna,

sol perché, come il lago e la campagna,

ti lasci illuminare dalla luna.

## AL LAGO

Chi penserebbe qui, lago, rotonda

conca tranquilla, in cui dal chiaro e piano

suo sonno mai non si ridesta l'onda,

che atroce bocca d'orrido vulcano


tu fosti un tempo? Alta, boscosa sponda

or ti ricinge e nel lucente vano

la capovolta immagine sprofonda,

cupa, smaltata, e il borghicciuol soprano.


Limpido in mezzo ti s'ncurva il cielo.

Lustreggiar qualche nuvola raminga

forse ti vede e, curiosa, intenta,


zeffiro prega che su te la spinga;

lieve si specchia, via dilegua lenta,

come fantasma avvolto in bianco velo.


## VIGILIA

Appena qualche foglia, ad ora ad ora,

nei mandorli si muove sornuotanti

a un mar di messi che nel sol s'indora.

Nessun uccello in tanta pace vola;

sol laggiú le calandre saltellanti

trillano con la gioja nella gola.


E qui, tra il grano, par che un grillo metta

un frullo d'ali, a tratti. Oggi è per voi,

messi, l'ultimo dí: l'aja vi aspetta.


Sarà grano per noi, come ogni frutto

di quest'alberi qui sarà per noi

e quel degli orti e quel dei prati: tutto.


Chi maledir può qui la terra? Il canto

degli uccelli, – Ti siam grati, – le dice, –

Or sei stanca, riposa: hai fatto tanto.


E riposa la terra e par felice.


### L'ASINELLO

Son tre carichi d'acqua: due barlotti

alla volta, sul basto, a contrappeso.

È stanco, e come no? Convien che trotti,

scarico, nell'andata, e poi, col peso,

arranchi, di salita: i mietitori

lo aspettano assetati.

Ora ha compreso

che basta: alza le orecchie ed i sudori

scuote, qua e là; sternuta, poi bel bello

avanza un piede e sporge il muso in fuori,

verso un covone.

– Lascialo, asinello!

lascia le spighe: queste son pe 'l pane;

lascia le spighe e aspettane il cruschello.

Oggi è l'ultimo dí: le stoppie nane

avrai per te tutta la notte, e spera

che, spigolando, ciancin le villane...


Si dan gli ultimi colpi: vien la sera.

Già il sole ha preso il colle e or or tramonta.

Per quest'anno, addio messi! Ecco la schiera

dei falciator si drizza ilare, e pronta

mostra al sol le mannelle ultime, a coro

gridando evviva...

Or presto: chi rammonta

i covoni su l'aja? Oh monte d'oro!


Asinel, tu sei bestia pazïente:

lascia trar, dopo un anno di lavoro,

un respir di sollievo a questa gente.

## A GLORIA

Un morto, e la campana non si lagna:

squilla, argentina, a gloria. Un bimbo, è vero?

entra in quest'alto e bianco cimitero

che ha, sotto, il mare e, dietro, la campagna.


Non ha mangiato il pan che si lavora

oggi su l'aje qui; non ha saputo

quanto sudore costi e quale ajuto

dagli altri, per mangiarne: onde veggo ora


quei che lo sanno e sudano agitare

verso la bara piccola il berretto

in saluto: – O figliuol, sii benedetto!

t'ha voluto il Signore risparmiare. –


## DONDOLIO

Dalla branda, sospesa tra due rami

d'un denso antico olivo saraceno,

gli ultimi ascolto tenui richiami

degli uccelli e il frinire assiduo duro

dei grilli, tra le stoppie, nel sereno

crepuscolo morente. Or sí or no,

nel lento moto,

gli occhi mi punge, tra il fogliame oscuro,

lo sfavillio d'un piccolo remoto

astro ch'io non vedrò

forse mai piú, tra tanti altri perduto.

E mentre mi spauro

alle plaghe pensando ultime, donde

la luce di quel mondo a me proviene,

ecco, una fogliolina me l'asconde;

mi scosto, e un'altra volta lo saluto.


## L'INTRUSA

### I

Mentre dal ciglio del burron che s'apre

quasi a picco, profondo, una greggiola

pende, qual bianco grappolo, di capre,

e il pastor da un olivo una parola

ora a questa rivolge ed ora a quella,

come a persone di sua famigliuola;

il suono a balzi d'una campanella

s'ode e un villan sul ciglio si presenta

che per le corna una proterva snella

capretta regge.

– O che non è contenta? –

sorridendo il pastor dice al villano.

Il capro alza la testa sonnolenta

a sogguardar l'estranea, a cui la mano

ha già steso il padrone. Ora, accostando

le barbe, l'altre capre piano piano

parlan fra se. Chiede il villano:

– Quando

vuoi che torni a riprenderla? Sei giorni

bastano? Intanto, te la raccomando.

Sta' buona, Fifa; tra sei dí ritorni

madre; ti lascio in buona compagnia;

verrò a vederti qui per i dintorni. –


E contento il villan se ne va via.


## II

Chiama ancora col pianto nella gola

Fifa, a pie' dell'olivo trattenuta.

Intanto, sparsa a gruppi, la greggiola

gelosa, poi che sa perché venuta

sia quella lì, fra sé malignamente

e sparla.

Guarda come l'aria fiuta! –

sghigna una capra qua, vecchia e impudente:

Sú care, confortiamola, per giunta...

anzi! –

E l'anca si gratta con la punta

d'un corno.

– Magrolina, magrolina, –

osserva un'altra là: – Par l'abbia munta

tutta il padrone. Guarda, si strofina

al tronco... Ora vedrai che lui, fingendo

d'andar pe' fatti suoi, le s'avvicina. –


– Io per me, chi mi segue? me ne scendo

giú: non mi so tenere a tali scene! –

protesta un'altra. – È stupido, comprendo,

quel capro lì, ma cieco anche? Mi viene

di prenderlo a cornate!

Sta' a vedere

che costei bestiolina assai per bene

si sente, – insinua una quarta, – e preghiere

lunghe da lui s'aspetta e smorfie, come

se non dovesse fare il suo piacere... –


Ma il pastore si leva, ecco, e per nome

le chiama e le raduna: quasi un velo

d'ombra è calato fin sopra le chiome

degli alberi: ogni foglia al proprio stelo

par si raccolga attorno, e un gregge fitto

s'avvia di nuvolette anche pe 'l cielo.


– *Come comporti di vedermi afflitto,* –

cantilena il pastor con voce mesta,

– *se per capriccio il cor non m'hai trafitto*?

Va la greggiola innanzi e Fifa resta

sola, indietro: non sa dove si vada;

volge, chiamando, or qua or là la testa:

oh se sapesse per tornar la strada...


## COMPENSO

Esausta, muta, sotto l'affocato

baglior, la terra irta di stoppie giace.

Tutto quanto poteva ella ci ha dato.


Ma per chi attese un anno a lavorare

la speranza del premio fu fallace.

Forse perciò sí triste or ella appare?


Se piovve poco, lungo la vernata,

e se ai mandorli il vento portò via

tutti i fiori, e la nebbia attediata


su le biade stagnò, gli olivi oppresse?

Arse pur lei di sete e lei fiorìa

già di quei fior, nudrìa lei quella messe!


Non gliene voglia mal dunque il villano,

e senza tanta rabbia or degli olivi

con la pertica batta i rami piano,

poich'ella in sé li sente mesti e vivi.

## CHI RESTA

Ora che ai cieli dell'autunno mesti

ogni albero, che apparve piú giulivo

del suo bel verde, in disperati gesti

s'irrigidisce e piú non sembra vivo;


tu con la chioma cinerulea resti

perpetua, sí, grigio stravolto olivo;

d'un vecchio in noi però l'immagin desti;

sempre di gioventù sembrasti privo.


E se ancor qualche passero s'attarda

su i rami tuoi, smarrito, e con un trillo

breve quest'aure tenta e ascolta e guarda,


subito lascia le tue frondi austere,

ché a pie' del tronco col suo verso un grillo

par gl'imponga, stizzito, di tacere.


## RITORNO

### I

La via

Casa romita in mezzo a la natia

campagna, aerea qui, su l'altipiano

d'azzurre argille, a cui sommesso invia

fervor di spume il mare aspro africano,


te sempre vedo, sempre, da lontano,

se penso al punto in cui la vita mia

s'aprí piccola al mondo immenso e vano:

da qui – dico – da qui presi la via.


Da questo sentieruolo tra gli olivi,

di mentastro, di salvie profumato,

m'incamminai pe 'l mondo, ignaro e franco.


E tanto e tanto, o fiorellini schivi

tra l'erma siepe, tanto ho camminato

per ricondurmi a voi, deluso e stanco.


## II

*Rifugio.*

Il gelso? Non c'è piú. C'è solo il masso

tigrato, ov'io sedea, nascosto, all'ombra.

Vaghi pensieri indefiniti, come

un'aura lieve, l'anima infantile

mi commoveano. Arcani godimenti,

ansie d'ignota attesa! Eran le foglie

l'ali del ramo? e di volar la brama

non le facea cosí forse brillare?

Cosí gl'incetti desiderii allora

palpitavano in me, quasi senz'ali.


Questo cespuglio di mentastro è forse

quello d'allora? Di fragranza acuta

la mano m'insapora, ed io risento

il sapor di quei dí. Lieto, di corsa,

qui venivo a nascondermi. Gridavo

da qui, nascosto, all'eco il nome mio,

e m'incutea misteriosa ambascia

quel sentirmi chiamar da la montagna,

lugubremente. A voce alta pensavo,

con la fidente ingenuità che gli alberi,

i fili d'erba, quelle felci cupe,

l'eriche rosee udissero. Ma forse

non comprendean davvero il mio linguaggio?

Mi carezzava con le foglie il capo

quel gelso, amico e protettor: – «Bambino,

ragioni, sí... ma meglio è se tu canti...» –

E i fiori rialzavan le corolle

meravigliati de la mia canzone.

Sovente a lungo ad ajutar qui stavo

le formiche a salir sú sú pe 'l masso;

ma diffidavan quelle, paurose,

de l'ajuto: voleano onestamente

fornir da se la lunga lor fatica...

Quanto diversi gli uomini...

Ove sono?

Leggevo. Ecco sul masso il libro aperto.

Il vento passa: sfoglia via di furia

le pagine. L'ha letto... Vanità!


## ATTESA

Io sono come l'albero che aspetta

la sua stagione e morto intanto pare.

Vien qualche vispa cincia a dimandare:

«Albero, ancora? Bada, è tempo: getta!»

Ma alle cince non dà l'albero retta:

muto ed assorto, rimane a sognare.


Sogna i freschi rampolli, e che tra i rami

verrà per grazia a raccogliere il volo,

ospite prezioso, un rosignuolo.

Piú d'altri uccelli non s'udran richiami.

In ciel, la luna; e magici ricami

d'ombra le frondi stamperan sul suolo.


Sogna e sogna... Ma già forse è passata

la sua stagione, e ad aspettarla sta

l'albero, invano, o forse non verrà

per lui giammai... Se questa, albero, è stata

l'ultima nostra gelida vernata,

che bei sogni la scure abbatterà!